LES
ILLUSIONS,

ÉPITRE A MADAME V.... Q...

PAR J. - T. BONNARD.

» *Ut volet quisque accipiat ; at sic aberro*
» *à dolore meo.* CIC. »

A AIX,

CHEZ FRANÇOIS GUIGUE, IMPRIMEUR DU ROI.

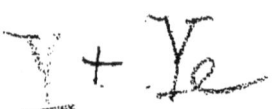

1822.

LES ILLUSIONS.

On dit qu'ennuyée à la ville,
Du tumulte de chaque jour,
Vous avez élu domicile
A votre champêtre séjour ;
Qu'enthousiaste de l'idylle,
Plus que des vers d'un troubadour,
Déjà Théocrite et Virgile
Se partagent tout votre amour.

Je n'ai pas eu de peine à croire
Que ces poëtes admirés,
Toujours lus, toujours préférés,
Aient eu sur nous pleine victoire,
Sachant votre goût pour les vers,
Surtout les vers de leur facture,
Où la plus brillante nature
S'offre sous mille attraits divers,
J'ai dit en moi : la chose est sûre.

Mais avoir sitôt renoncé
A nos colloques doux, affables,
A ces ambigus ineffables
Dont jamais je n'étais lassé,
C'est avouer qu'un ou deux diables,
Dans votre cœur m'ont remplacé.

Confessez-vous, je vous en prie,
Est-ce à ces traîtres que je dois
La prompte et nouvelle saillie,
Qui vous jettant au fond des bois,
Brise le doux nœud qui nous lie ?
Je vous déclare franchement,
Que si contre mon habitude,
Il me fallait absolument
Devoir à votre solitude
Votre éternel éloignement,
Je me mourrais d'inquiétude.

» J'écoute... et vous entends crier:
» A qui pourrai-je me fier ?
» Du diable, oui c'est la voix maudite,
» Hélas ! qui fait que je vous quitte.
» Ne vient-il pas de publier,
» A quiconque daigne l'entendre,
» Que je suis une femme à pendre ?
» Depuis qu'à Virgile, à Platon,
» J'ai fait bâtir une chapelle,
» Dans un recoin de ma maison,
» D'où je prétends que ma raison
» Vole à son sublime modèle ?
» Enfin depuis qu'en mon salon,
» Je n'admets plus rien qui décèle
» La jouissance corporelle ?
» Ainsi dès qu'on nous croit méchants,
» Oui, je fuis... oui je vole aux champs...
» Fuyons ces langues indiscrètes,
» Qui parlant vingt heures du jour,

» Plus savantes que nos gazettes,
» Vont chez l'un l'autre tour-à-tour,
» Débiter leurs mille sornettes,
» Sur les chambres et sur la cour;
» Sur le voisin, sur la voisine,
» Sur tout ce que leur œil malin
» A cru saisir de beau, de fin,
» En les guettant à la sourdine.

   » Fuyons très-promptement aussi,
» Ces diseurs à grand caractère,
» Qui priant chacun de se taire,
» Pour eux parler, coussi-coussi,
» Du soleil montrent la lumière
» Alors que minuit sonne ici;

   » Ces envieuses demi-folles,
» Trop vides pour être frivoles;
» Dont le cœur aux amours fermé
» Juste le trente du mois s'ouvre
» Au seul Plutus qui se découvre,
» De deux cents pièces d'or armé.

   » Fuyons ces preux inacostables,
» Qui jeunes après cinquante ans,
» Veulent en singeant les aimables,
» Être encor des fruits du printemps,
» Quoique laids comme de vieux diables;
» Qui briguant la tendre faveur,
» Pour dire : *voilà ma conquête !*
» N'ont jamais su dans leur malheur,
» Combien le sentiment du cœur,
» L'emporte sur l'art de la tête !

» Fuyons, fuyons des indiscrets
» Le plus honnêtement terrible,
» Ce philantrope né sensible
» Au plaisir d'avoir vos secrets;
» Qui va les déposer tout frais
» Chez ses rivaux les perroquets,
» Et chez sa vaporeuse amie;
» Et qui vous rejoignant après,
» Vous dit : *mon cher, point de regrets,*
» Lorsque leur froide raillerie,
» En confidence les publie.
» O ciel ! quelles terribles gens !
» Oui, fuyons ceux dont le silence
» Dénote des intelligens,
» Presque toujours désobligeans
» Dès qu'on leur cite une excellence;
» Frondeurs alors du doux pouvoir
» Qu'ils exerceraient sans se plaindre,
» Ingénieux dans l'art de feindre,
» Désespérés d'un désespoir,
» Qui nous en fait des gens à peindre.
» Loin de nous ceux dont le fier moi,
» Jour et nuit occupé de soi,
» A nos ames bien décidées
» Semble redire : oui, je prétends
» De vos goûts sages et constants
» Faire un triomphe à nos idées.

   » Ce genre-là n'est pas le mien,
» Certes, et vous le savez bien.
» Mais pourquoi faut-il qu'il abonde?

» Ah ! laissez-moi voler ailleurs ;
» Aux champs les hommes sont meilleurs,
» Allons les voir dans ce beau monde.
» Adieu !.. » Je conviens avec vous,
Qu'ici bas le sort le plus doux,
Pour un cœur tendre et né sensible
C'est lorsqu'il peut, libre d'ennui,
Rêver dans un bosquet paisible,
Dont le charme n'est que pour lui.

Quoique le tranquille silence
Y verse les plus doux pavots,
Et nous berce avec nonchalance
Dans un léthargique repos,
Chaque jour vingt plaisirs nouveaux
Font varier la jouissance.
Sortez-vous, tout à coup vos yeux
Ont pour beau, pour premier spectacle,
Le vif, l'immense azur des cieux.
Continuez : autre miracle !
Autre tableau délicieux !

Ici d'une voix bocagère
Entendant ce son inconnu,
Vous croyez voir une bergère,
Qui d'un air gai, tendre, ingénu,
Vous dit : » *dansons sur la fougère* ».

Eprise d'un je ne sais quoi,
Qui vous transporte, vous agite,
Votre marche s'y précipite ;
Vous lui criez : viens, viens à moi ;
Viens, eh ! c'est ici qu'est mon gîte.

Soudain avançant à grands pas
Pour joindre la champêtre amie,
Vous poursuivez votre Égérie
Sans cesse et ne l'atteignez pas.
N'importe, l'aimable féerie,
Madame, a pour vous mille appas.
Quel délicieux embarras !...

    Là, non moins ami du mystère,
Qui vous cache un traître hameçon,
Du milieu d'une nappe claire
Sort un jeune, un fringant triton,
Qui tout glorieux de vous plaire,
Vous régale d'une chanson.
De desir, d'espérance émue,
Cette fois-ci vous voulez voir
La vérité dans le miroir
De l'eau qui doucement remue.
» *Qu'est-ce donc ? ai-je la berlue ?* »
A peine une craintive main
Fend-elle l'onde qui serpente,
La scène est de nouveau frappante.
Voyez-vous courir sur son sein
Une citoyenne aquatique,
Qui vous adresse une réplique,
Aimable par son doux refrain ;
Mais en langage qui n'indique
Point si les mots sont en latin,
En grec, ou bien en hébraïque ?
Alors votre esprit est certain,
Que ce qui paraît fantastique,

Est très-réel, très-authentique ;
S'il nous émeut, et s'il nous pique ;
Que les plus sûres vérités,
Ne valent pas d'heureux mensonges ;
Que le prestige de deux songes
Vaut mieux que cent réalités ;
Et les sens toujours agités,
Pour un instant vous faites trêve
A l'objet de ce second rêve.
Mais à peine celui-ci fuit,
Un autre aussi riant le suit.

Vos pas sur la tranquille route
S'arrêtent. Paix ! » Qu'est-ce ? une voix
» Frappe à l'oreille qui l'écoute ;
» Je gage bien pour cette fois
» Que c'est un chevalier courtois
» Jeune et joli ; d'une déesse
» C'est l'aërien messager.
» Comme il fend l'air ! quelle vitesse !
» Dame ! songeons à le loger
» Avec art et délicatesse » :
Tout droit à Pierre le méger
Vous courez alors pour qu'il dresse
La broche sur le potager,
Et par ordre de votre altesse,
Il s'en va gaîment égorger
Un excellent chapon de Bresse.

Séduite par l'attrait vainqueur,
Qui près du sylphe vous attire,
Vous l'appelez d'un doux sourire,

Enfant joyeux de votre cœur,
Et sur les pas de monseigneur
Vous semez la joie et le rire,
Présage du parfait bonheur
Que vous apporte ce messire.
Cependant postée à l'endroit
D'où vous pensez qu'il vient tout droit,
Vous promenez un œil avide
Ici, là, sans découvrir rien
Qui se meuve en un corps solide.
Oh ! pour le coup, me voici bien
Dupe d'une amorce perfide,
Ajoutez-vous un peu timide !
Ainsi dépitée à l'excès,
Vous gourmandez le beau Virgile,
Et vous lui faites un procès,
Qu'il perdrait, si sur votre bile
Il perdait l'espoir d'un succès,
Rêveuse sur le gazon frais,
Votre ame sensible aux injures,
Soupire et vous dites : » comment !
» *De ces honteuses impostures,*
» *Je serais le sot instrument,*
» *Et le serais impunément !* »
Alors vous volez hardiment
Aux régions des conjectures,
Eh ! mais votre raisonnement,
Au lieu d'eclaircir les augures
Les embrouille complettement.

Le cœur vide, sinon la tête,

L'esprit toujours préoccupé,
Vous revenez triste et muette,
Quand votre Adolphe qui là guette,
Crie... » hé ! *neuf heures ont frappé* :
» *Maman...? on nous sert le soupé....*
» *Voilà mon verre...! mon assiette...!*
Une telle invitation
N'en eût jamais de comparable ;
Donc à ce bambin adorable
Vous donnez satisfaction ;
Vous vous placez tous deux à table,
Et, sur un rôti délectable
Vous immolez l'illusion.

Maintenant que sur le potage
Je vois vos dents bien opérer,
Moi, qui suis là comme une image
Clouée au mur pour figurer,
Je m'émancipe et vais errer
Dans votre pinède sauvage.

J'y suis : au bois j'ai pénétré :
Dieu ! qu'apperçois-je qui m'entoure ?
Qu'ai-je vu ? qu'ai-je rencontré ?
Mon odorat d'abord savoure
Le genêt suave et doré,
Mon œil, au lointain égaré,
Ravit à mes pas la distance.
Il contredit ce que je pense,
En voulant m'offrir, malgré moi,
Dans le vague de l'étendue,
Une bergère prétendue.

Qu'il accueille, et de bonne foi :
C'est Églé : n'est-elle point nue ?

Dans la volupté je parcours
Ces retraites mystérieuses,
Ces cabanes silencieuses
Qui cachent tant d'heureux amours !
O ciel ! mon ame épanouie
Entrevoit déjà le plaisir :
Un bruit réveille mon ouie :
Je suis vainqueur, je vais jouir
De Lizamire ou d'Égérie.
La voilà ; son œil amoureux
N'osant me regarder encore,
Laisse à sa voix, tendre et sonore
Le soin de m'exprimer ses feux.
» O toi, qui vis pour être heureux
» Au sein de la belle nature !
» Si tu recherches ma figure
» Hâte donc tes pas amoureux
» Je l'anguis dans ma grotte obscure ».

Puis-je vous dire à cet accent,
Tout le délire que j'éprouve ?
Non ! mon cœur enchanté ne trouve
Aucun langage assez puissant
Pour peindre son besoin pressant.

Toujours fidèle au dieu Silence,
Qui veut qu'on taise une faveur,
Muet, enflammé, je m'élance
Sur la voix qui parle à mon cœur ;
Et qui, selon toute apparence,

Sort du tronc d'un saule pleureur :
Tout doux.....tout doux....ma main légère
Tremblante à peine l'a touché ;
Ouf... ! je me sens un œil poché
D'un coup de pointe meurtrière.
» Ciel ! *mon rival est là caché !* »
Dis-je, en frappant du pied la terre.
J'avance et je romps en visière.

    Est-il plus glorieux combat,
Contre un champion homicide
Qui sans manifeste, nous bat
Sous un masque traître et perfide,
Ajoutai-je, lorsqu'un frélon
Directement à mon oreille,
Bourdonne, et d'un coup d'aiguillon,
Se dit l'auteur de la merveille
Qui me fait saigner tout de bon.
» O Soleil ! divin Apollon !
» Dolent et navré je m'écrie,
» Est-ce ainsi que l'on sacrifie
» Les jardiniers de ton vallon,
» Les chantres de ta poésie,
» Dans cette pinède choisie ?
» Non, Phœbus tu n'as pas voulu
» Jusques là nuire à ton ministre.
» Quel misérable dévolu !
» Passe encor si c'était un cuistre ;
» Mais un amant qui t'a tant lu ! ..
» Par ta bonté fais que je trouve
» Ce qu'en vain poursuivent mes pas,

» Les jeunes, les chastes appas,
» De cette nymphe qui m'éprouve ;
» Et qui me tend ses jolis bras ! »
Apollon sensible m'écoute :
Lui-même il éclaire ma route :
Etayé de son jour divin,
Je sens que ma force à combattre,
Peut d'un seul coup en tuer quatre,
S'ils se présentent sous ma main.
Le secours d'un dieu n'est point vain ;
Bientôt sur l'écorce d'un chêne,
D'un œil alerte et bien ouvert.
Je lis buriné sur le vert,
Ce mot que je comprends sans peine.
» *Essaim* ». Dieux, quelles voluptés !
Quels plaisirs vont être goûtés
Sous cette cabane ombragée
D'amans, et de fleurs surchargée !..
Égérie à coup-sûr est là.
Elle se cache ; la voilà,
Brûlant par moi d'être vengée,
Ou plutôt d'être soulagée.
Cela dit, je m'avance encor
Vers ce minois, vers ce trésor ;
Mais qu'est-ce ? ô douleurs sans pareilles !
Au lieu d'un essaim de beautés,
Hélas ! vos pins désenchantés
Ne m'offrent qu'un essaim d'abeilles,
Qui, bourdonnant à mes côtés,
Visent encore à mes oreilles.

Plaintif, confus, désespéré
De ma triste déconvenue,
D'un pas agile, accéléré,
Je veux sortir de l'avenue,
Lorsqu'un rossignol mesuré,
Vole... et sur ma tête prélude,
Un concert sans art, sans étude,
D'espérance alors rayonnant,
La douce illusion m'égare :
C'est ici, dis-je, maintenant
Qu'une musique non barbare,
Va faire un concert étonnant !
Et je soupire en frédonnant
Le miracle qui se prépare.
O puissance de mes refrains !

  Déjà sous le sombre feuillage,
Dix nymphes, dix riants sylvains,
Attirés par les sons divins
Du plus harmonieux ramage,
Arrivent joyeux et badins,
Et réalisent mon présage.
On dirait que leur pas léger,
Fut dessiné par Terpsichore,
Tant leur pied, sans rival encore,
Avec grâce sait voltiger.
Le goût du plaisir les dévore :
Les sexes sont en nombre pair ;
Chaque Sylvain a donc sa mie,
A qui non moins prompt que l'éclair,
Il fait du baiser le plus cher

Le vol adroit sans qu'elle crie,
Lorsque moi, d'une Iris en l'air,
Je caresse la prud'hommie.

Ils viennent bientôt se poster
Sous le rameau d'où Philomèle,
Continue à tout enchanter,
Tout ce qui respire autour d'elle.
Je me plais à les écouter,
Et mon œil de rage étincelle.

» Viens, Lisamire; asseyons-nous,
» Dit l'un, à celle que j'admire;
» Tu n'as que quinze ans, Lisamire,
» Or, tu dois vouloir un époux.
» Pardonne à cet aveu si doux!
» Mais ce mot là, je dois le dire :
» Ton époux! oui, je suis le tien;
» Le chantre du bois me proclame;
» L'amour veut que tu sois ma femme :
» Sois la vîte, et n'en disons rien.
» As-tu peur qu'on te désavoue ?
» Eh! quel serait le discourtois,
» L'obscur profanateur des bois
» Qui viendrait exposer sa joue
» A l'empreinte de mes cinq doigts ?
» Va, si ce faquin a l'audace
» De jeter un coup d'œil ici,
» Gare !... la corne que voici
» Te l'étend roide sur la place ».

A cet impertinent discours,
Mon sang dans mes veines fermente,

Mon besoin d'escrimer augmente,
Dans le rapport de mes amours,
Et je veux, trépignant toujours,
Voler sur la nymphe charmante,
En dépit de l'espèce d'ours
Qui la cajole et me tourmente.

 Cependant, quoique maltraité,
La raison parle... je m'arrête :
» Ne convient-il pas que j'apprête
» Un costume plus redouté,
» Dis-je, et que des pieds à la tête
» Sous une cuirasse abrité,
» Je fasse voir, non un poëte,
» Mais Achille dans sa fierté ? »

 Au lieu d'une tranchante épée,
J'affile un excellent crayon,
Ce glaive là me semblant bon,
Aussi bon qu'une arme trempée
Pour illustrer mon épopée.
L'écorce d'un vieux peuplier
Me sert : j'y prends mon bouclier.
Un filet tendu sur la place,
Où je viens tomber le premier,
Triplé, compose ma cuirasse.
Mon casque ?... un instant, le voici :
J'avise une énorme citrouille,
Près d'un clair ruisseau qui gazouille,
Des deux mains je l'accroche aussi,
Et dans cinq minutes vidée,
Sur ma tête elle est placardée.

Mon panache ? il en faut bien un !
C'est le signal de la victoire.
Henri-quatre lui dut sa gloire
Quand il vainquit près de Melun,
Cent rivaux fameux dans l'histoire.
Or, vers certain recoin obscur,
Reportant aussitôt ma vue.
Le long du plus agreste mur,
Je vois sur leur tige menue,
Trois pavots... » que faites-vous là,
» Inutile soporifique ?
» Ornez mon casque : le voilà »
Ma main alors prompte et tragique,
Au pied les coupe et les y met
En guise d'éclatant plumet.
» Bon !... dis-je, aimant à me convaincre ;
» Au reste, dussent-ils mentir,
» Si ces pavots ne me font vaincre,
» Ils pourront du moins assoupir
» Le fat qui vient de tant glapir ».
    Mais... voyons... point d'arrière-garde ?
La tactique exige pourtant,
Que sans risque l'on se hazarde.
Il me manque une hallebarde.
J'en fabrique une dans l'instant.
A dix pas de moi je regarde,
J'y découvre une nappe d'eau,
De joncs, de roseaux entourée ;
Lestement j'y pêche un roseau
Et ma pertuisanne est créée.

Tel on vit Donquichote errant
Dans une fameuse journée
La tête encore enfarinée
Des torts qu'il cherchait en rêvant,
Lutter contre un moulin à vent,
Qui lui disputait Dulcinée !...

Tel, sans coursier, sans haquenée ,
J'eusse paru, brillant d'espoir,
A qui m'eût guetté pour me voir !....

Comme un éclair qui fend la nue,
Je tombe sur mes ennemis :
Je tousse, mouche, et fais des cris ;
A coups redoublés j'éternue
Pour qu'une terreur inconnue,
Jettant l'effroi dans leurs esprits,
M'en facilite la battue.

» *Ourvari ! huir ! Haro ! Hara !*
» Hum ! Hem ! Him ! Ouf ! Goddem ! Houra
» A moi sapeurs ! dis-je et redis-je ;
» Taillons... hâchons... Houp ! » ô prodige !
Madame, il fallait voir cela.
Rien de plus beau que ce train là.
Tout à coup le soleil se couvre,
Mais, en revanche, mon œil s'ouvre.
Que vois-je ? ô que de bataillons
Cachent les voûtes éternelles !
Ah ! ah ! ces soldats ont des aîles !
Sont-ce des géans, des typhons ?
Non, non ; qu'est-ce ? eh ! de vils grillons
Et des milliers de sauterelles.

Considérant, extasié
Une armée aussi singulière ;
Le regard fixe, humilié
D'une fuite si peu guerrière
Je l'accuse, lorsqu'une main
Contre ma poitrine tendue,
Tout court me barrant le chemin,
M'arrête et m'éclaircit la vue.
» En vérité vous êtes fou ;
» Quel vertigo de vous s'empare ?
» Quel est ce costume tartare,
» Et ce regard de loup-garou ?
» Vous, en chevalier Donquichotte
» Dans ma pinède costumé !
» Vous ! vous ! de pied en cap armé !
» Qu'elle inconcevable marotte !
» Tenez, je gage, mon cher hôte,
» Que vous poursuivez, allumé,
» Quelque champion emplumé.
» Mais il s'en moque, le compère,
» Allez, et vous aurez beau jeu
» En poursuivant cette carrière,
» Où moi je n'ai vu que du feu,
» Tantôt en pareille matière.
» Croyez-moi, sortons de ces lieux ;
» Il n'y coule que de l'eau claire :
» Allons déboucher le madère,
» Qui se plaignant d'être trop vieux,
» Demande à passer dans le verre ».
Cette aimable dérision

Vous fait aussitôt reconnaître.
Je ris de votre attention ;
Et vous de ma position :
La vérité daigne paraître
Si j'en crois mon illusion.
Votre main fine et remarquée
Offerte alors, devient l'appui
De ma personne détraquée,
Et par la faim et par l'ennui.
Que vois-je ? ô divine surprise !
Un fumet a ravi mes sens :
Chez vous j'entre à pas languissans,
Et j'y trouve une table mise,
Où, grâce à mes besoins pressans,
Je m'assieds sans qu'on me le dise.
» Convenez, ne vaut-il pas mieux
» De mes pigeons sucer les aîles ;
» Du madère délicieux
» Savourer les perles si belles !
» Que d'aller comme un furieux,
» Combattre tristement des yeux
» Des millions de sauterelles ?
» Dites-vous ; oui, moi je réponds :
» Loin d'ici l'inutile gloire !...
» Fuyez, lâches et vils grillons !
» Je le soutiens, il vaut mieux boire
» Que de vaincre vos bataillons ».
Celà démontré, nous buvons.
Pour assouvir ma faim canine,
Je mange comme un des milons

Qui dégarnit une cuisine.
Grâce à vos innocens pigeons
Mon repas enfin se termine,
Et votre voix molle et divine
Fait parler l'écho des vallons,
Émus de sa grâce badine.

Vous poursuivez votre leçon
Sur le sage emploi de la vie.
J'en trouve la philosophie
Excellente et d'un style bon,
Lorsque d'un coq la voix aiguë
Dans mon oreille pénétrant,
Je m'apperçois de la bévue
Que je fais en vous admirant.
Où suis-je ? eh ! dans mon lit, madame ;
Oui, dans mon lit bien étendu,
Et plus triste qu'un chien mordu,
De m'y trouver sans une femme.
A ce reveil inopiné
Contre vous ma bile s'exhale.
» Quoi ! vainement j'aurais dîné !
» Quelle est cette ruse infernale ? »
Ainsi gromelant je détale
De mon logis infortuné ;
De douce amie il m'en faut une ;
C'est elle qui fait nos beaux jours.
Donc à la bastide je cours
Vous larmoyer mon infortune,
Et réclamer vos bons secours.
Mais il arrive... qu'est-ce encore ?

Toujours des guignons, des malheurs!
Je vous trouve versant des pleurs
Sur le revers que je déplore.
Eh! madame, précisément,
Vous me racontez tristement,
La longue et comique imposture
Que j'ai caressée en dormant.
L'espérance alors me rassure :
Alors quoique premier dupé,
Ma douleur en est moins cruelle.
Je tente un effort de cervelle
Et votre esprit est détrompé,
De la ville encor occupé.
» *Lise? -- Plaît-il? -- prends ma douillette? --*
» *Je l'ai -- mon shcall? -- oui, je le tiens. --*
» *Appelle mon chat, mes deux chiens? --*
» *Petit! petit! -- ma serinette;*
» *Mes ciseaux fins, mon allouette;*
» *Mon chapeau, mes gants, mes amours? --*
» *Quels sont-ils? -- Bête! eh! mon Virgile. --*
» *Ce livre! -- je l'aime toujours,*
» *Va nous le lirons à la ville*
» *Où nous serons plus de deux jours.*
» *Tout est-il prêt? -- très-prêt, Madame. --*
» *Bon! ferme; nous te devançons ».*
Cela dit; nous nous enfonçons
Dans la forêt comme Pirame.

Le soleil luit; qu'il est brillant!
Vous ouvrez votre parapluie
Sous un ciel et sec et brûlant;

Et Phébus qui nous désennuye
Nous reconduit d'un pas galant.

A ces fugitives chimères,
Ces plaisirs vagues, éphémères,
Que vous venez de repousser,
Tout à coup en succèdent d'autres ;
Ce sont les miens, ce sont les vôtres.
Entendez ici prononcer,
Sans reconnaître la personne,
Le tendre hélas !... qu'elle vous donne.
Un autre veut vous embrasser ;
Un autre veut le dévancer ;
Un autre pour en triompher
Serre au point de vous étouffer.
Le peuple ému vous environne,
Et sur vous tombe une couronne......
Enfin jusqu'à votre séjour
L'amitié poursuivant vos traces,
Vient mettre un terme à ses disgrâces,
Que produit l'absence d'un jour.
A demain !.... je vais à mon tour,
Charmé de votre heureux retour,
Consulter au temple des Grâces.

FIN.

www.ingramcontent.com/pod-product-compliance
Lightning Source LLC
Chambersburg PA
CBHW061743180626
46818CB00006B/2721